LA RONDE

DES

COURTISANES

Par GEORGES

PRIX : 1 FRANC

PARIS

CHEZ LES PRINCIPAUX LIBRAIRES

1870

LA RONDE

·

COURTISANES

LA RONDE

DES

COURTISANES

Par **GEORGES**

PRIX : 1 FRANC

PARIS

CHEZ LES PRINCIPAUX LIBRAIRES

1870

LA RONDE

COURTISANES

———————

I

On trouve dans Paris des filles magnifiques
        Érotiques
            Beautés
Dont les charmes, — valeur comme un cheval de race, —
        Sont sur place
            Cotés.

Elles ont des palais, un train à faire envie,
        Une vie
            D'enfer.
Elles mettent au cou des hommes des chaînettes
        De fleurs faites
            De fer.

Elles portent diamants et ballots de soieries,
Armoiries
Qu'on lit, —
Des grands airs panachés de titres de baronnes,
Des couronnes
De lit.

D'Aphrodite-Clichy c'étaient les plus joyeuses
Pourvoyeuses,...
— Recors
Qui se laissaient charmants, par une avance tendre,
D'abord prendre
Au corps. —

Lorsqu'on vous dit parfois l'histoire de quelqu'une
Blonde ou brune
Qui luit,
Lorsqu'on entend de loin conter monts et merveilles
De leurs veilles
De nuit,

De leurs tables, de leurs étreintes qui s'enroulent
Même roulent
Dessous,
De leur flambant passage aux bosquets de Mabille,
Par la ville,
Sans vous.

De leurs fronts ingénus, des yeux qui vous enclavent
Et vous savent

Damner,
De ces âcres amours que seules elles meuvent
Et vous peuvent
Donner,

Vous vous sentez, — censeurs austères, — formidables,
Imprenables
Devant
Ces belles grappes d'or se balançant vermeilles
Dans les treilles
Au vent.

Vous passez, leur jetant une injure vieillotte
Qui raillotte
Les sens,
Et vous vous enivrez de morale, fumée
Parfumée
D'encens.

Mais qu'un soir vienne à vous l'une d'elles qu'on nomme
Souple comme
Un jonc,
Soufflant à votre oreille un murmure de brise
Qui vous dise
Viens donc !

Sa main sur votre épaule, avec ce regard d'ange
Qui vous change
D'ici,
Avec son torse rond de sirène Ionienne,
Qu'elle vienne
Ainsi !

Je n'entends parler que de ces filles trop belles
Ou de celles
En cours
Qui portent fièrement leurs têtes souveraines,
De nos reines
D'amours,

De ces riches beautés devant qui tout s'oublie
Et tout plie,
Le cœur,
Devoir, morale, orgueil, ciel, peines éternelles,
Devant elles
Malheur !

Le vertige vous mord, leur haleine bouillonne,
Tourbillonne
Autour...
Vous donnez votre argent et votre âme qui pleure
Pour une heure
D'amour.

C'est qu'elles ont l'attrait des ivresses humaines,
Des Romaines
Ces sœurs !
Le prestige brûlant des voluptés du rêve
Qui s'achève
En pleurs,

Et des trésors de chairs qui valent pleins de baumes
Les royaumes

Du temps,
Nos royaumes du jour qui vont, rois et cortéges,
Où vont neiges
D'antans.

Elles ont le poison du hatchis qu'un mensonge
Fait en songe
Fleurir !
Et l'on a vu des vieux et des jeunes pour elles,
Fleurs mortelles,
Mourir.

Celle-ci, dix-huit ans, svelte comme Atalante,
Et tremblante
Un peu
Vous brûle, en rougissant, de sa couleur rosée
Arrosée
De feu.

Une autre astre des nuits passe, comète ardente,
Éclatante
De chien,
Traînant dans son sillon des atomes qui dansent
Et ne pensent
A rien.

On aimera toujours ces brillantes folies
De féeries,
Et nous
Les chanterons toujours, car vieillards, jeunes hommes
Tous nous sommes
Des fous.

II

On aimera toujours les belles courtisanes,
Car la beauté féconde à leurs fronts de Dianes
Chasseresses a mis une couronne d'or...
Et tous les temps seront à genoux, mieux encor,
Lâches et rénégats devant la beauté reine.

Quelle que fût sa vie, orageuse ou sereine,
Qu'elle fût innocence à l'ombre d'un chalet,
Dont le premier amour tomba sur un valet
Et qui lui donna tout, vierge aux transports suaves...
Qu'elle ait avant seize ans roulé par les épaves
De barrière... à son jour la jeune profanée,
D'un carrefour perdu, comme une fleur fanée
Ressuscite, et sortant d'un bain d'ambre et de miel,
Tord ses cheveux ondés et regarde le ciel.

Toutes celles de race antique ou plébéienne,
Fille de cabaret, rêveuse patricienne,
Blocs enfouis dans la fange ou dans la pureté
De ce riche filon de mine « pauvreté »
Viennent en plein soleil, trésors nés des abîmes
Que l'adoration du monde porte aux cimes.

Voyez les flots de nos civilisations
Se franger de reflets de constellations.

Le grand souffle d'un siècle en flocons blancs de houle
Dans l'azur de ses nuits les tourmente et les roule...
L'écume a des rayons ; il semble, étrange effet,
Que les perles du fond voyagent au sommet.

Quand elles en sont là, les belles adorées
Ne s'appartiennent plus... Elles s'en vont parées
Faisant sur leur passage à travers les millions
Tant de fanfares et de lumineux sillons
Que naissance et devoir disent : fatalité !
Au rêve qui d'en bas répond : égalité !

Est-ce Dieu qui se trompe ou la philosophie ?
Qu'importe ! Cette loi de matière défie
La raison. Elle était, elle sera toujours :
Voyez le livre d'or des humaines amours ;
Babylone, Memphis, voyez la Grèce et Rome,
Depuis les bords d'Euphrate et la première pomme,
Par l'Asie et Paphos, l'Égypte et Sybaris,
Jusqu'à ce flamboiement de Londres et Paris,
Voyez la théorie immortelle qui passe
Rhythmant l'hymne divin des baisers dans l'espace !
Elles vont par les temps, et la main dans la main...
L'ombre les baigne au loin d'un glacis de carmin.
Ni morale ou bûcher, ni tenaille rougie
N'arrêteront jamais l'harmonieuse orgie...
Et quand vous auriez fait de notre humanité
Un peuple universel de moines. . Vanité !
Elle naîtrait au seuil des austères asiles,
Vous la verriez alors, comme au temps des conciles,
Brouillant les parchemins, rieuse au pied mignon,
Planter la plume sainte en flèche à son chignon.

Droit de vivre ! pareil au droit de mort qui frappe,
Au droit des lendemains où la honte rattrape
Ce qu'elle a mis trop haut... dernier droit du festin
De jeter à la hotte un corset de satin.

Il en meurt ! Il en meurt ! Mais pour une qui tombe
Une autre vient qui sort papillon de sa tombe ;
Et le cordon joyeux renoué follement
Sans cesse rajeuni danse éternellement,

Ne faut-il pas au temps les roses qu'il emporte,
Verte feuille à la brise, au vent d'hiver la morte ?
Quand une courtisane enfant a commencé
De se vendre, et qu'un nom dans la mode lancé
A fait du bruit... le monde à sa table la lie
Pour qu'après le nectar elle boive la lie !
La lie après le vin ! C'est juste... jusqu'au bout
Elle suit la débauche ou traînée ou debout...

Plus tard je ne sais où l'oubli vengeur les roule...
La pauvre au fond de l'antre où le ruisseau s'écoule,
La riche au temple saint plein d'extase et d'encens,
Où l'esprit enivré chuchote avec les sens...
L'autel est scintillant, dans l'ombre des chapelles
Le chant des orgues semble un bruissement d'ailes,
Ses genoux doucement ployés sur le velours,
Elle songe, en prière, aux lointaines amours.

III

Ecoutez ! — Cléopâtre, Aspasie et Poppée
Autrefois, aujourd'hui d'autres, même épopée
De cliquetis sonore et de fringant destin,
Et de chansons au choc des verres du festin..

EN HAUT

Quand on est déesse
Ce n'est pas, morbleu,
Pour se faire abbesse,
Mais pour vivre un peu.

Le siècle condamne
Ces vieux préjugés :
Que le bon Dieu damne
Les petits péchés.

Que serait la foule
Terne des pantins
Qui grouille et se roule
Aux pieds des catins,

Si nos libres âmes
En l'éclaboussant
N'y mettaient les flammes
Du vice éclatant?

EN BAS

Vive Dieu ! quelles maîtresses
        Nous avons,
Reines du Maillot, pairesses,
        Et gotons.

Que de parfums d'ambroisie
        Et d'odeurs,
De cuirs rouges de Russie
        Ou de fleurs.

En vérité, c'est un monde
        Inouï ;
Le plaisir fouette la ronde,
        Ebloui.

Quelle adorable sagesse
        Vivre ainsi !
Cocotte ! semblant d'altesse !...
        Allons-y.

LA LORETTE

Voilà ! Que sommes-nous ! qu'importe !
Qu'on se range ! laissez passer !
La rafale qui nous emporte
Nous chante qu'il faut nous presser.

Nous sommes formes et lumière
De la rayonnante matière
Qui passe avec la volupté.
Si rien ne reste de l'orgie
Vivons au moins à pleine vie ;
Vivre est tout... rien avoir été !

LA COCOTTE

Nous sommes le rire et la joie
A lèvre rose, à l'œil mouvant
Qui dans les froufrous de la soie
Trottons menu, le nez au vent.

Nous avons toute fantaisie,
Et cette riche poésie
De souper en toute saison,
Au lieu de voir l'aube d'opale
Ou regarder la lune pâle
Qui voyage sur l'horizon.

VOIX LOINTAINES

Quel est cè tourbillon radieux de caresses,
Plein de myrrhe et d'encens et de folles ivresses,
Qui s'en va là-bas dans l'hermine et le velours ?
Comme il doit faire bon se mêler à la ronde,
Et prendre en liberté notre part en ce monde
      Du rêve enchanté des amours !

C'est ainsi qu'on entend devant les courtisanes
Soupirer en secret les anges éperdus,
Et qu'on les voit, ployant leurs ailes diaphanes,
Descendre et s'égarer dans les sentiers perdus.

IV

Si vous voulez aimer allez-vous-en loin d'elles :
Elles vous laisseraient, car elles n'ont plus d'ailes,
Il leur faudrait monter, elles restent en bas,
Regardant ciel et terre et ne comprenant pas ;
Voyant les prés fleurir, les forêts balancées,
Et dans l'éther passer les jeunes fiancées...
Parfois elles ont eu, vers l'aurore, un matin...
Après l'orgie... au son de l'angélus lointain,
De ces vagues élans vers les régions pures !
Mais le flot descendu les remit aux parures.

D'aucuns, souffrant de ces maladives amours,
Cherchent une âme dans le fouillis des atours ;
Eh bien ! non ! malgré tout ce que nous dit l'Église,
Malgré le Christ lui-même, et Socrate, et Moïse,
Malgré le dogme saint de l'immortalité,
La courtisane n'a pas d'âme, en vérité,
Et ne peut aimer que comme on boit une lie,
Charmant animal fait de matière et folie.

Ainsi de nous railleurs, sceptiques, fanfarons,
Dédaigneux, sans savoir à quels jeux nous irons,
Frondeurs de courtisane, et courtisans folâtres
Tantôt de République ou d'Empire ou des plâtres,
Qui ne voyons le joug que pour nous y ployer
Et ne croyons à Dieu que pour faire payer.

La courtisane n'a d'autre but que l'or même :
— Laissons l'âme à l'écart de ce fatal problème, —
Elle éclabousse, brille et se vend ; elle a fait
Un pacte social qui l'enchaîne à forfait :
Tant qu'elle resplendit dans sa sphère dorée,
Elle n'a d'autre droit que se voir adorée :
A quoi bon lui chercher ce qu'elle ne doit plus
Ni vouloir ni trouver : les doux rêves perdus !
Elle prend ce qu'elle a stipulé qu'elle vaille ;
Aimer ! lui serait un châtiment qu'elle raille ;
Et, pourvu qu'elle rende en échange, au désir,
Son corps tout parfumé, qu'avez-vous à choisir ?

Aimer !... la voyez-vous pâlie, humble, dolente,
Dans son boudoir, après une veille insolente,

Entre chiffons, champagne et bal, — sa trinité, —
Songeant au bord du lit à sa virginité !...
Je cherche ce qu'ici peut venir faire une âme,
Sinon, dans une coupe à punch noyer sa flamme!

Nous ne croyons plus guère à l'âme, de nos jours,
A celle qui faisait les sublimes amours...
Cette âme, esprit du ciel, mêlée à des flots d'anges,
Dans l'infini planant au-dessus de nos fanges,
Et qui, de l'éther bleu, comme un divin baiser,
Descendait, sur le front d'un sage, se poser.
Dieu l'envoyait, dit-on, au bord des chemins sombres
Pour tracer un sillon de vertu dans nos ombres...
Puis, laissant au repos de la tombe vos corps,
Vous viviez dans l'espace, âmes des justes morts !
On vous nommait : travail, famille, honneur, martyre!
. . . .
Par cela seul qu'on est un homme, on ne peut dire
Avoir une âme, il faut quelque chose de mieux ;
Notre siècle a changé cet idéal trop vieux.
Son claque a remplacé l'âme, ce diadème...
S'il y croyait, voyez le terrible dilemme :

Il admet ce trafic par lequel achetant
Une enfant blonde, il fait un meuble de l'enfant,
Si nous leur supposons une âme et que ces femmes
Y songent comme nous, nous sommes tous infâmes!

Nous ne croyons pas à leur âme, c'est certain ;
A quoi nous servirait, avec leur beau destin
Tissé de soie et d'or que la matière acclame,
De leur vouloir le bien du pauvre, et du pur : l'âme !

Mais, si la courtisane avait une âme, enfin,
Elle vous la vendrait pour un peu plus de pain.

Elle a raison : au fait, que valons-nous, nous autres,
Avec tous nos galons, plumets et patenôtres...
Que valons-nous de plus, comme on chiffre les sots,
Que notre habit à palme ou clefs d'or dans le dos ?
Que valons-nous, braillards, tartuffes, saltimbanques,
Plus qu'un écu d'argent ou l'agio des banques ?
Nature, larges flancs, franchise, rudes bras,
De quel mépris hautain ne frissonnez-vous pas,
A nous voir, folichons aux poussives étreintes,
 Replâtrer des cocottes peintes ?

V

Mon siècle, on te voit grand, superbe..., en vérité,
La légende des temps et de l'humanité
 Mesurant les traces profondes
De tes forges, de tes machines, contera
Que tu fus un puissant géant..., mais conclura :
 Géant inepte des deux mondes.

Moi-même hier, sur toi, planant avec l'esprit,
Dans mon *Poème du Nouveau Paris,* j'ai dit :

Un air de fanfare nouvelle
Que le vent fredonnait d'une large façon...
Mais j'ai vu de plus haut se perdre ma chanson
Dans ta cascade universelle.

Car, ô siècle de fer, de marbre et d'or ! je sais
Que ta masse, en travail de splendides essais,
A conquis le globe et l'espace...
Pourtant, en dégageant tes hommes, des moellons,
Tes hommes sont petits et vains comme frelons
Dont la troupe bourdonne et passe.

Des bonshommes perdus dans d'immenses collets,
De grands sabres battant de faux petits mollets,
Partout, la blague est souveraine.
Ma tête, pour un fait de moine ou de cateau,
De tout malheur public on se fait un tréteau ;
Salut au magot ! fi ! la Reine.

Le magot avec plus ou moins de décorum,
Le magot au Sénat, au journal, au forum,
Magots, bastringues et cuisines,
Voilà tes hommes, siècle aux vastes horizons
Pleins de soleils ! ah ! rien n'est beau que tes maisons,
Et rien n'est vrai que tes usines :

Le reste dort en cave, ou fricote à tout vent.
La poésie est sotte à pousser en avant

Tout ce monde qui se pavane
Sur lit d'abeilles d'or ou de plumes de paon,
De bonnets phrygiens vieux comme le vieux Pan,
    De poils de bichons de Havane.

Ceux-là ne veulent rien comprendre d'un grand fait;
Ceux-ci devant les dieux jurent avoir tout fait
    En bouleversant des gouttières.
Le peuple sue et souffre : et le gendarme rit...
Et nul ne songe à mettre un peu d'âme et d'esprit
    Dans ce tourbillon de matières.

C'est bien, rions un peu de la foule à paillons
Hurlant avec les loups, ayant peur des lions.
    Rions de toute chose infâme.
De hannetons toqués qu'importe une saison !
Mais, ô siècle, j'ai droit de demander raison
    De ce que tu fais de la femme.

La femme c'est la vie et l'honneur... honte à toi !
Si tu laisses sombrer la famille et la foi
    Dans tes amours de pacotille...
Tu t'en iras roulant de Stamboul à Calais ;
Et tu ne seras plus à travers des palais
    Qu'une descente de Courtille.

Sache-le, c'est ton sort, c'est triste... et malgré tout
Tu fais ce que tu peux pour en venir à bout.

A l'heure présente qui sonne,
Comme un vieillard fardé, riche, immonde, éperdu,
Tu tremblotes devant la cocotte au pied nu
    Dont la gorge blanche frissonne.

Cocotte !... Si par un de ces hasards bénis
Qui descendent du ciel dans l'enfer de Paris,
Loin de la courtisane et des comptoirs d'échange
Qu'elle tient, certain jour, tu trouvais la beauté
Dans un monde meilleur d'ombre et de pureté
    Où la femme peut rester ange,

Une jeune Ève en fleur jouant dans les zéphirs,
Dont la frange des cils enchâsse deux saphirs,
L'amour naissant qui par l'haleine se devine,...
Si tu trouvais cela, femme ou virginité,
Dans un rayonnement avec la chasteté
    Qui fait la matière divine...

Qu'en ferais-tu ? Voyons : avec un soin jaloux
Quelque symbole saint qu'on adore à genoux,
Comme on en voit sourire aux chapelles d'église ?
Allons donc !... tu prendrais la charmante au carcan
D'un mobilier, ou bien la mettrais à l'encan,
    Étoile éteinte en marchandise.

Ta cocotte a tué la femme. Un jour encor
Et tu ne seras plus que sacoche ou médor.

Cette lèpre de vendre, acheter toutes choses
Te ronge... tu ne sais qu'ergoter et jouir...
Toi, perdre un cours de bourse à voir s'épanouir
     Un cœur à respirer des roses !...

Eh bien ! va, soit ! ô clown cynique et turbulent...
Après le chassepot vienne un fouet insolent,
     La botte après la pertuisane...
Et n'ayant plus de femme et d'âme, c'est fatal :
Tu mourras sur un lit de cirque ou d'hôpital,
     Comme une vieille courtisane.

TYPOGRAPHIE ALCAN-LÉVY, RUE LAFAYETTE, 61, ET PASSAGE DES DEUX-SŒURS, PARIS.

PARIS. — TYPOGRAPHIE ALCAN-LÉVY, RUE LAFAYETTE, 61.